Vollständig überarbeitete Miniausgabe
(II. Teil) des ebenfalls im Verlag W. Hölker
erschienenen Titels „Weihnachtsbäckerei.
Von Anisplätzchen bis Zimtstern“

5 4 3 2 1
ISBN 3-88117-582-2
Gestaltung: Cornelia Haas, Niels Bonnemeier
Redaktion: Monika Römer, Christiane Leesker

Printed in Italy

Gisela Allkemper

Die Weihnachts-Kaffeetafel

Stollen, Torten & Konfekt

Hölker Verlag

Inhalt

Plaudereien um das Brauchtum in der Adventszeit und „zwischen den Jahren“

Mit der Adventszeit beginnt eine der an Volksbräuchen reichsten Jahreszeiten. Das Aufstellen des heutigen Adventskranzes ist vor einem heidnischen Hintergrund zu verstehen. Ursprünglich heftete man an die Türen und Wände der Stallungen und des Wohnhauses frisch geschnittene Tannen- oder Mistelzweige zum Schutz gegen die dunklen Mächte des Winters. Nun, die haben wir heute nicht mehr zu fürchten. Der Kranz mit seinen 4 Kerzen aber lässt uns – Woche für Woche eine Kerze mehr ansteckend – die Ankunft des Herrn erwarten. Der Beginn des Kirchenjahres wird auf diese Weise festlich eingeleitet.

Gerne nutzt man heute die Sonntage der Adventszeit dazu, die Menschen, die einem lieb und teuer sind, um eine festliche Kaffeetafel zu versammeln und mit herrlichen, traditionsreichen Torten, Kuchen und Stollen zu verwöhnen. Weihnachten ist das Fest der Liebe und des Friedens. In keiner anderen Zeit des Jahres ist der Zusammenhalt der Familie und des Freundeskreises von ähnlich großer Bedeutung.

Und auch Silvester und Neujahr haben ihren Platz im Reigen des weihnachtlichen Brauchtums. Die Zeit zwischen Weihnachten und dem Dreikönigstag (6. Januar) galt traditionell als eine stille Zeit. Sie war der Familie und der Pflege guter Beziehungen zu Nachbarn, Freunden und Verwandten gewidmet. In großbürgerlichen

Haushalten bekam das Personal ein paar freie Tage, und nur die notwendigsten häuslichen Arbeiten wurden verrichtet.

Ist das Brauchtum um Neujahr auch weniger religiös motiviert, so hat es doch eine sehr lebhafte Geschichte. Von alters her blickte man hoffnungsfroh und feierfreudig auf das bevorstehende Jahr. Mit der Tradition des Bleigießens versuchte man in geselliger Runde einen Blick in die Zukunft zu erhaschen. Und man backte frische Kuchen mit Glücksbringern in der Mitte. Duftende Waffeln und Eiserkuchen, am Silvesterabend eigenhändig gebacken, verkürzten ebenfalls die Wartezeit. Und dazu trank man Glühwein oder Punsch, die den Magen wohlig wärmten.

Am Neujahrstag selbst war es vielfach Sitte, dass die Kinder die Paten besuchten, um ihnen ein gesundes Neues Jahr zu wünschen. Die Paten beschenkten sie – oder mancherorts ließen sie sich von ihnen beschenken – mit Brezeln, Hefezöpfen oder anderem Gebäck. Die Bauern sprachen in diesen Tagen einen Segen über Vieh und Acker. So verabschiedete man das alte Jahr im Guten und hoffte auf ein glücklicheres neues.

Stollen, Striezel und Honigkuchen

Der Stollen und seine Verwandten, Striezel und Klaben, gehören zweifellos zum weihnachtlichen Kultgebäck. Mag der Stollen mit seiner dicken Puderzuckerschicht an das eng gewickelte Christkind erinnern, aber sein Name „Stolle/n, Stulle“ bezeichnet ein mit Butter und Gewürzen gebackenes Weißbrot, das als Geschenk diente.

Das berühmteste unter all den vielen Stollenrezepten ist das des Dresdner Stollens. Das Backen dieser Köstlichkeit fand mehrere Wochen vor Weihnachten statt. Da wurde dann ein großer Trog in die warme Küche gestellt, in dem sich das Mehl erwärmen sollte. Die große Menge des Mehls war deshalb notwendig, weil man nicht nur einen oder zwei Stollen backte, sondern gleich so viele, dass man sie sowohl als Präsent an alle Angehörigen außerhalb Sachsens verschicken konnte als auch für den eigenen Bedarf noch genügend übrig hatte. Da für so viele Stollen kein Platz im Ofen war, besorgte der Bäcker das Backen. Stollen werden bekanntlich um so schmackhafter, je länger sie ruhen. Der erste Stollen wurde zwar immer am Heiligen Abend zum Kaffee angeschnitten, der letzte aber – und das war der Stolz jeder Hausfrau – erst zu Ostern, wenn er fast nach purem Marzipan schmeckte.

Der Striezel ist ein schlesisches Gebäck und dem Stollen vergleichbar, aber schlichter in den Zutaten. Gebacken wurde er entweder in Stollenform oder zu einem Zopf geflochten. Deshalb nannte man die Striezel in Nordschlesien auch „Hollenzopf“, was wohl an

Frau Holle und die Winterzeit erinnern sollte. Etliche Striezel wurden einige Wochen vor Weihnachten gebacken und an Freunde und Verwandte verschickt. Kurz vor Weihnachten backte man dann die Striezel für die eigene Familie. Da gab es einen großen und besonders schönen für den Vater, einen kleineren für die Mutter und je nach Alter und Größe der Kinder mehr oder weniger kleine für eben diese.

Ebenfalls eng verwandt mit dem Stollen ist der Bremer Klaben. Das Backwerk stammt zwar ursprünglich aus Bremen, ist aber heute im gesamten norddeutschen Raum beliebt. Da der Klaben sich – ähnlich dem Dresdner Stollen – gut hält, wurden auch davon immer gleich mehrere auf einmal hergestellt und zum Bäcker getragen, um sie dort backen zu lassen.

Rudolf Alexander Schröder schwärmt: „... Gedenke ich aber jenes riesigen und kunstvollen Weihnachtsbackwerks, das zu eben der Zeit auf einer anderen Anrichte von erfahrenen Händen gerührt, gewalzt, geknetet, bestreut und mit allen Zutaten kanonischer Vorschrift versehen wurde, spreche ich das Wort „Klaben" aus, so bin ich sicher, auf dem Antlitz jedes meiner engeren Landsleute beiderlei Geschlechts einem verständnissinnigen Schmunzeln zu begegnen; denn dies durch ein Übermaß von Butter, Zucker, Rosinen, Korinthen, Zitronat und Rosenwasser fast zur Unverdaulichkeit des Marzipans entstellte Brot der hohen Kirchenfeste ist für jeden Bremer Ambrosia."

Christstollen

Für 2 Stollen
250 g Rosinen, 250 g Korinthen, 100 g Zitronat, 100 g Orangeat, 150 g gehackte Mandeln, 4 cl Rum, 1,5 kg Mehl, 1/4 l Milch, 125 g Zucker, 120 g Hefe, 1 TL Salz, abgeriebene Schale von 2 unbehandelten Zitronen, 500 g Butter, 50 g Rindertalg
Außerdem: Mehl zum Ausrollen, 125 g Butter zum Bepinseln, Puderzucker, 100 g Zucker und 3 Päckchen Vanillezucker zum Bestäuben

Sämtliche Zutaten für den Stollen sollten am Vorabend in die warme Küche gestellt werden. Rosinen, Korinthen, Zitronat, Orangeat und Mandeln werden ebenfalls am Abend vorher in Rum getränkt und zugedeckt bereitgestellt.
Am nächsten Tag für den Hefeteig das Mehl in eine Schüssel geben. In die Mitte eine Mulde drücken und die mit 4 Esslöffeln lauwarmer Milch und 1/2 Teelöffel Zucker verrührte Hefe hineingeben, mit etwas Mehl bestäuben und zugedeckt einige Zeit warm stellen. Die übrige Milch mit Salz, restlichem Zucker, Zitronenschale, Butter und Talg in einen Topf füllen und lauwarm erwärmen (wirklich nur lauwarm, sonst wird der Teig zäh!). Zum Vorteig geben und alles so lange kräftig durchkneten, bis der Teig sich vom Schüsselboden löst und Blasen wirft.
Nun den Hefeteig nochmals zugedeckt warm stellen, bis sich sein Volumen verdoppelt hat; das dauert 20–30 Minuten.

Den Teig in 2 Teile teilen und dann die in Rum getränkten Früchte anteilig unterkneten. Die Teigstücke mit wenig Mehl so formen, dass 2 gleich große längliche Brote entstehen. Mit dem Rollholz der Länge nach seitlich eine Vertiefung eindrücken.

Die geformten Stollen auf einem mit Pergamentpapier ausgelegten Backblech noch einmal zugedeckt ca. 20 Minuten gehen lassen. In den auf 225 °C vorgeheizten Ofen schieben und ca. 60 Minuten backen (Stäbchenprobe machen!). Gegen Ende der Backzeit mit Alufolie oder Pergamentpapier abdecken, damit die Stollen nicht zu dunkel werden.

Herausnehmen und sofort einige Male reichlich mit zerlassener Butter bestreichen und im Anschluss dick mit Puderzucker, vermischt mit Zucker und Vanillezucker, bestäuben. Gut verpackt halten sich die Stollen monatelang frisch.

- Die Backtemperatur muss wegen des großen Fettgehalts des Stollens so hoch sein. Aus diesem Grund kann das vorzügliche Gebäck auch nicht so hoch aufgehen wie ein normaler Hefeteig.

- Besitzen Sie spezielle Stollenformen, diese fetten, bemehlen und den Teig halbhoch einfüllen.

Marzipanstollen

Eine Stange Marzipanrohmasse mit einbacken. Dazu das Marzipan fast so lang wie den Stollen rollen und in den Teig einschlagen.

Mandelstollen

Anstelle der kandierten Früchte nur 300 Gramm gehackte Mandeln einkneten. Der Geschmack wird noch intensiver, wenn man außerdem einige Bittermandeln oder ein paar Tropfen Mandelaroma zufügt.

Quarkstollen

Anstelle der Hefe 2 Päckchen Backpulver als Treibmittel zugeben. Außerdem 2 Eier und 500 Gramm Schichtkäse hineinkneten. Das „Gehen" entfällt dann.

Mohnstollen

Anstelle der Früchte und Nüsse eine gekochte Mohnmasse einrollen. Dazu in einem Topf 1/8 Liter Milch und 125 Gramm Zucker aufkochen. 250 Gramm fein gemahlenen Mohn, 65 Gramm Butter, 1 Ei, 65 Gramm gemahlene Haselnüsse, je 50 Gramm Zitronat und Rosinen sowie 1 Messerspitze Zimt einrühren. Auf den Stollenteig streichen und ihn aufrollen.

Striezel

500 g Mehl, 40 g Hefe, 1/4 l Milch,
125 g Butter, 100 g Zucker, 1 knapper TL Salz,
125 g Korinthen, 125 g Sultaninen,
40 g gehacktes Zitronat, 40 g gehackte Mandeln
Außerdem: Mehl für die Arbeitsfläche
und das Blech, Butter zum Bepinseln,
Puderzucker zum Bestäuben

Aus Mehl, Hefe, Milch, Butter, Zucker und Salz wie beim Christstollen (Rezept S. 14) einen lockeren Hefeteig herstellen. Korinthen, Sultaninen, Zitronat und Mandeln unterkneten. Den Teig auf einer bemehlten Arbeitsfläche dick ausrollen, einmal in Stollenform einschlagen oder 3 lange Rollen formen und zu einem Zopf flechten.
Auf ein bemehltes Blech setzen und noch einmal gehen lassen. Anschließend im auf 200 °C vorgeheizten Ofen etwa 45 Minuten backen. Herausnehmen und den noch heißen Striezel mehrfach mit zerlassener Butter bepinseln und dann mit Puderzucker bestäuben.

Bremer Klaben

500 g Mehl, 60 g Hefe,
100 g Zucker, 1/4 l Milch,
200 g Butter, 50 g Schmalz,
1/2 TL gemahlener Kardamom,
etwas abgeriebene Schale von
1 unbehandelten Zitrone,
1 Prise Salz, 250 g Rosinen,
100 g Korinthen,
50 g gehackte Mandeln,
30 g Orangeat, 30 g Zitronat,
3 Tropfen Bittermandel-Aroma,
einige Tropfen Rosenwasser
Außerdem: Mehl für die Arbeitsfläche,
zerlassene Butter zum Bestreichen,
Puderzucker zum Bestreuen

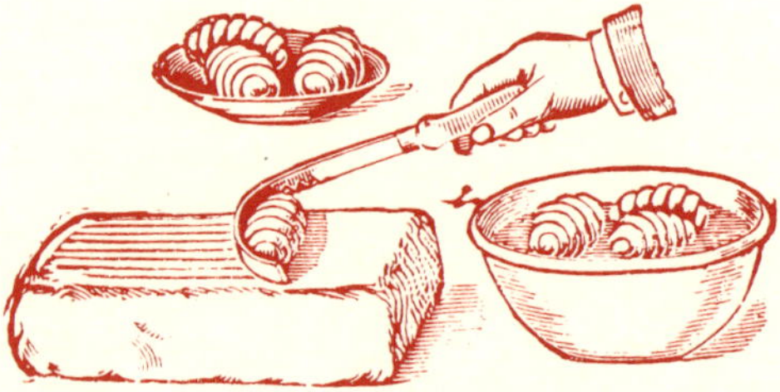

Das Mehl anwärmen (z.B. auf einer Heizung) und in eine Schüssel sieben. Die Hefe mit etwas Zucker und einigen Löffeln warmer Milch glatt rühren und in die Mitte des Mehls laufen lassen. Zu einem Vorteig verrühren und gehen lassen.

In einem Topf restliche Milch, Butter und Schmalz leicht erwärmen. Den Vorteig mit dem Mehl, dem Topfinhalt und den übrigen Zutaten verkneten und einige Zeit gehen lassen. Erneut gut durcharbeiten. Auf einer bemehlten Arbeitsfläche eine dicke Teigplatte ausrollen und zu einem länglichen Brot oder Stollen formen. Erneut gehen lassen (am besten über Nacht).

Mit Butter bestreichen. In den auf 175–200 °C vorgeheizten Ofen auf die untere Schiene stellen und goldbraun backen. Nach etwa 40 Minuten Garzeit eine Stäbchenprobe machen. Wenn der Teig gar ist, den Klaben bei geöffneter Ofentür 10 Minuten nachgaren lassen, sonst die Garzeit verlängern. Auskühlen lassen und mit Puderzucker bestreuen.

- Schneiden Sie den Klaben zum Verzehr in Scheiben und bestreichen Sie ihn mit Butter, oder legen Sie ihn auf eine gebutterte Scheibe Schwarzbrot.

- Der Klaben hält sich besonders gut, wenn Sie ihn in Alufolie wickeln und kühl lagern.

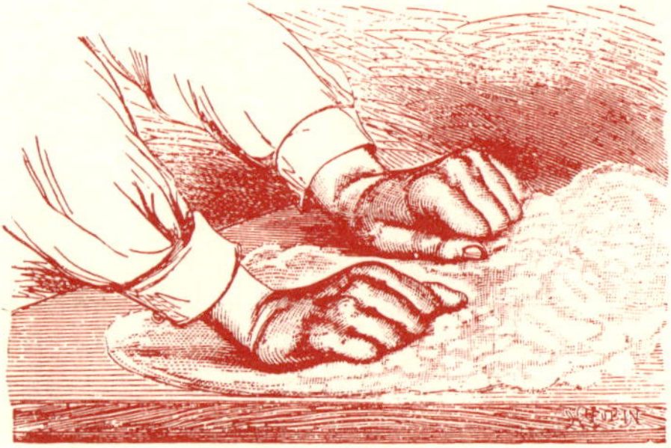

Kletzenbrot

In Bayern ranken sich um das Kletzenbrot (Kletzen = gedörrtes Obst) in der Weihnachtszeit viele schöne Bräuche. Es wurde früher schon einige Tage vor dem Thomastag (21. Dez.), und nur dann, gebacken. Dann versammelten sich alle Familienmitglieder um den blankgescheuerten Küchentisch und schnitten die Kletzen in kleine Stücke. Dabei ging es natürlich lustig zu, viele Geschichten und Erzählungen begleiteten die Arbeit. Wenn das Kleinschneiden beendet war, musste die Großmagd den Teig kneten. Einem alten Brauch folgend ging sie zwischendurch in den Garten, schüttelte mit den bemehlten Händen die Zwetschgen- und Birnenbäume und bat um viel gutes Obst für den kommenden Sommer.

Es wurden natürlich gleich mehrere Brote gebacken und außerdem viele kleine Laibl und Gebildbrote, die Kletzenbrothansl. Bevor die Brote in den Ofen kamen, segnete die Bäuerin sie. Fertig gebacken wurden sie dann bis zu den Festtagen aufbewahrt. Eines der großen Brote nahm der Bauer mit zur Christmette und ließ es dort weihen.
Jede Magd und jede Haustochter bekam zum Fest von der Bäuerin einen kleinen Laib geschenkt. Auch die Patenkinder erhielten solch einen Kletzenwecken.
Der erste Anschnitt der Brote fand gewöhnlich auf „Stefani" statt. Diesen Anschnitt, das „Scherzl", verehrte das Mädchen seinem Liebsten, der vor dem Küchenfenster wartete. Dabei musste der Anschnitt eine glatte Schnittfläche aufweisen, damit die Liebe Bestand haben möge. War der Freier unerwünscht, überreichte man ihm ein in Papier eingewickeltes Torfstück oder nur Brotbrösel. Derjenige aber, der das Scherzl erhielt, führte sein Mädchen bei nächster Gelegenheit zum Tanz aus.

Das große geweihte Familienbrot aber wurde als letztes erst am Dreikönigstag angeschnitten. Dies tat der Bauer vor versammelter Familie, um anzudeuten, wie sehr man in Zukunft zusammenzuhalten habe. Ein schöner Brauch! Heute wird das Kletzenbrot, das man beim Bäcker kaufen kann, mit Rosinen, Feigen und anderen Früchten angereichert. In manchen Orten wird nur die Hälfte des Brotteigs mit den Kletzen verknetet und dann in die restliche Hälfte, wie in einen Mantel, gewickelt.

100 g Dörrbirnen,
100 g Dörrzwetschgen,
50 g getrocknete Feigen, 50 g Rosinen,
50 g getrocknete Aprikosen,
50 g getrocknete Äpfel,
Saft und Schale von 1/2 unbehandelten Zitrone,
1 Päckchen Lebkuchengewürz,
100 g Zucker,
500 g frischer Brotteig (vom Bäcker),
2 EL Honig

Das Trockenobst klein schneiden. Mit Zitronensaft, Zitronenschale, Lebkuchengewürz und Zucker vermengen. Die Hälfte des Brotteigs damit verkneten. Die andere Hälfte ausrollen und den mit den genannten Zutaten verkneteten Teig darin einrollen. Den Honig mit 1 Esslöffel heißem Wasser verrühren und die Teigoberfläche damit bestreichen. Das Brot gehen lassen und im auf ca. 175 °C vorgeheizten Ofen etwa 1 Stunde goldbraun backen. Das noch heiße Brot erneut mit Honigwasser bestreichen.

Wer mag, kann einen Zuckerguss herstellen, das Kletzenbrot damit bestreichen und die Oberfläche hübsch mit Rosinen, Mandeln und Zwetschgenstreifen verzieren.

Echter Honigkuchen

Der Honigkuchen ist quasi der Urahn des Lebkuchens. Bei den alten Ägyptern, Griechen und Römern galt Honig als eine Gabe der Götter. Dementsprechend sprachen sie auch dem Honigkuchen lebensspendende und heilende Kräfte zu. Auch die Germanen der vorchristlichen Zeit vertrauten auf die magischen Kräfte des Honigkuchens. Besonders zur Wintersonnenwende sollte er ihnen Schutz vor den Dämonen bieten, die in den „Rauhnächten" umgingen.
Wichtig für das gute Gelingen eines Honigkuchens ist die richtige Anwendung des Treibmittels Pottasche. Sie lockert den Teig mit Hilfe der natürlichen Säuren des Bienenhonigs auf. Das aber dauert mindestens 2–3 Wochen – entsprechend frühzeitig muss der Teig angesetzt werden.

500 g Honig, 250 g Farinzucker,
15 g Pottasche, 1 EL Rum, 750 g Mehl,
100 g Schmalz, 1 TL Piment,
1/2 TL gemahlener Kardamom,
1 TL gemahlener Zimt
Außerdem: Fett für das Blech,
Eigelb zum Bestreichen und
Mandeln zum Verzieren

Honig, Zucker und 1 Tasse Wasser erhitzen, bis sich die Kristalle aufgelöst haben, abkühlen lassen. Die Pottasche mit dem Rum verrühren. In einer Schüssel alle Zutaten miteinander vermengen, wobei die aufge-

löste Pottasche zuletzt hineingearbeitet wird. Den Teig 2–3 Wochen – und länger – kühl stellen.
Danach den Teig 2–3 Zentimeter dick auf ein gefettetes Blech streichen. Den Teig mit verquirltem Eigelb bestreichen und mit längs halbierten Mandeln verzieren. Im auf 160–175 °C vorgeheizten Ofen 1 1/2–2 Stunden backen (nach 1 Stunde Stäbchenprobe machen!). Dann vom Blech lösen und sofort in 6 x 20 Zentimeter große Rechtecke schneiden. Zusammenhängend auskühlen lassen, da sonst die seitlichen Schnittflächen leicht austrocknen.

- Wenn Sie den Teig verfeinern wollen, geben Sie 1 Ei, fein gehacktes Zitronat und Mandeln dazu.

- Sie können den Teig auch in einer Kastenform als Kuchen backen. Er schmeckt dann besonders lecker in Scheiben geschnitten und dick mit Butter bestrichen. Man kann aber auch eine Scheibe Honigkuchen mit einer Scheibe Schwarzbrot oder Vollkornbrot belegen.

Braunschweiger Honigkuchen

Bremen und Braunschweig sind alte Honigkuchenstädte. Im Unterschied zu den am Rhein und in Süddeutschland üblichen „Platenkuchen" backte man hier „dicke Kuchen". Der Honig, der für dieses Gebäck nötig war, wurde aus der Heide geholt. Das Weizenmehl stammte von den fruchtbaren Lößböden des Braunschweiger Raumes. Hans Wiswe aus Wolfenbüttel, Sprachforscher des niedersächsischen Raumes, erzählte mir, dass die Honigkuchen hierzulande früher nie selbst gebacken wurden. Vielmehr waren dafür allein die Honigkuchenbäcker zuständig. Sie verkauften ihre Kuchen an Ständen und Haustüren, bei Prozessionen am Wegesrand und auf den Weihnachtsmärkten. Honigkuchen war nicht nur ein beliebtes

Gebäck, er diente ebenso zum Andicken von Saucen und besonders zum Herstellen der berühmten norddeutschen Branntweinkaltschalen.

250 g Honig,
125 g brauner Zucker,
100 g Butter, 500 g Mehl,
1 Päckchen Backpulver (früher Pottasche),
1 TL gemahlener Zimt,
1 TL gemahlener Ingwer,
1 TL gemahlener Kardamom,
1 TL geriebene Muskatnuss,
100 g gemahlene Mandeln,
2 Eier, 1 Prise Salz
Außerdem: Butter für die Form

Den Honig mit Zucker, Butter und etwas Wasser in einem Topf erhitzen und wieder abkühlen lassen. Das Mehl in einer Schüssel mit dem Backpulver, den Gewürzen und den Mandeln vermischen. Mit Honigmasse, Eiern und Salz verrühren. Den Teig in eine mit Butter ausgestrichene Kastenform füllen und im auf 180 °C vorgeheizten Ofen auf der unteren Schiene ca. 75 Minuten backen.

Das Gebäck sollte stark gewürzt sein. In früheren Zeiten gab man sogar noch eine kräftige Prise Pfeffer hinein. Hans Wiswe: „Das diente zur besseren Verdauung und zum Abwenden von Krankheiten, wie man meinte."

Kuchen und Torten, die nach „Apfel, Nuss und Mandelkern" duften

Obschon man früher schlichter zu speisen pflegte, so galt es doch, zu Weihnachten, im Gegensatz zu den üblichen Sonn- und Feiertagen, üppige Kuchen und Torten auf den Tisch zu bringen. Die Kaffeetafel, festlich mit Kerzen geschmückt und mit großen Tellern voller duftender Plätzchen sowie Äpfeln und Nüssen gedeckt, war – und ist es auch noch heute – häufig Treffpunkt der Familie. Das folgende Sprichwort zeigt, welche Bedeutung die Weihnachtszeit für den Einzelnen und seine Familie hatte:

„Weihnachten backt jan und jedermann,
Ostern backt, wie man's kann,
Pfingsten backt der reiche Mann."

Dass bei den weihnachtlichen Köstlichkeiten auf die jahreszeitlich bedingten Vorräte zurückgegriffen wurde, versteht sich von selbst. Besonders früher, als das Konservieren von Obst wenig bekannt und nur das Trocknen oder Dörren üblich war, richtete man sich bei den Zutaten nach den Gegebenheiten und verwendete viel Trockenobst sowie Nüsse und Mandeln. Hinzu kam, dass damals der „Pfefferhandel" mit dem Orient besonders intensiv war, sodass nicht nur die Plätzchen, sondern auch die Kuchen und Torten nach Zimt, Kardamom und Piment dufteten. Wollte man etwas Besonderes bieten, so erstand man getrocknete Südfrüchte wie Feigen und Datteln.

Gewürzkuchen

8 Eier, 250 g Butter, 250 g brauner Zucker,
125 g gemahlene Walnüsse,
250 g Mandeln (mit der Schale gemahlen),
100 g geriebene dunkle Schokolade,
je 50 g gewürfeltes Zitronat und Orangeat,
abgeriebene Schale von 2–3 unbehandelten Zitronen,
1 TL gemahlener Zimt, 1/2 TL gemahlener Ingwer,
1/2 TL Piment, 125 g Rosinen,
150 g Mehl, 3–4 EL Rum (54 Vol.-%),
3–4 EL kalter Kaffee (Mokka), 1/8 TL Backpulver,
150 g geriebene Zwiebäcke
Für die Glasur: 250 g Puderzucker, Rum,
etwas Instantkaffee oder Kakao
Außerdem: Fett und Mehl für die Form

Die Eier trennen. Die Butter mit dem Zucker und den Eigelben schaumig rühren. Wenn sich der Zucker vollständig aufgelöst hat, Nüsse, Mandeln, Schokolade, Zitronat, Orangeat, Zitronenschale und Gewürze untermischen. Die Rosinen waschen, trockentupfen, durch das Mehl wälzen und zugeben. Rum und Kaffee einarbeiten. Restliches Mehl, Backpulver und Zwiebackbrösel auf den Teig häufen, darüber die zu steifem

Schnee geschlagenen Eiweiße geben und alles locker unterheben. Eine Napfkuchenform mit Fett ausstreichen und bemehlen. Den Teig hineingeben; die Form darf nur zu drei Vierteln gefüllt sein. Im auf 180 °C vorgeheizten Ofen etwa 45 Minuten backen. Herausnehmen und abkühlen lassen.
Für die Glasur Puderzucker, Rum und Kaffee oder Kakao zu einem dicken Brei verrühren und den Kuchen damit bestreichen. 2–3 Tage ziehen lassen.

Wenn Sie eine Stern- oder Herzform besitzen, können Sie den Gewürzkuchen auch darin backen. Hübsch in durchsichtige Folie verpackt und mit einem Weihnachtssträußchen dekoriert, ist er ein wundervolles Geschenk.

Baltischer Apfelkuchen

Für den Teig: 300 g Mehl, 1 TL Backpulver,
200 g Zucker, 4 Eier, 200 g Butter,
1 TL gemahlener Zimt,
1 TL gemahlener Kardamom,
1 TL gemahlener Ingwer
Für den Belag: 1 1/2 kg säuerliche Äpfel
(z.B. Boskop), 1 kleines Glas Aprikosenmarmelade,
2 cl Weinbrand oder Aprikosengeist
Für die Ingwersahne: 1/4 l Sahne,
1 TL Vanillezucker, 1 Stück Ingwerwurzel (1 cm)
oder 1 Msp. gemahlener Ingwer
Außerdem: Fett für das Blech

In einer Schüssel aus den angegebenen Zutaten einen weichen Teig rühren und auf ein gefettetes Backblech streichen. Für den Belag die Äpfel schälen, mit einem Kerngehäuseausstecher entkernen und in 1/2 Zentimeter dicke Ringe schneiden. Dicht nebeneinander auf den Teig legen. Den Kuchen in den auf 200 °C vorgeheizten Ofen schieben und etwa 30 Minuten backen.

In der Zwischenzeit die Aprikosenmarmelade mit dem Weinbrand oder dem Aprikosengeist verrühren und über den noch warmen Kuchen streichen. In Stücke schneiden, die der Größe der Apfelringe entsprechen. Für die Ingwersahne die Sahne mit dem Vanillezucker steif schlagen, mit der frisch geriebenen Ingwerwurzel bzw. dem Ingwerpulver aromatisieren und zusammen mit dem Kuchen servieren.

Linzer Torte

150 g Butter, 250 g Zucker,
150 g gemahlene Haselnüsse,
1 gestrichener TL Backpulver, 300 g Mehl,
2 EL Kakao, 1/2 TL gemahlener Zimt,
1 Msp. gemahlene Nelken,
abgeriebene Schale von 1 unbehandelten Zitrone,
4 cl Kirschwasser, 1 Ei, 2–3 EL Milch,
5–6 EL rote Johannisbeermarmelade
oder Preiselbeerkompott
Außerdem: Butter für die Form,
1 Eigelb und 1 EL Milch zum Bestreichen

Die Butter mit dem Zucker geschmeidig rühren. Gemahlene Nüsse, mit Backpulver vermischtes und gesiebtes Mehl, Kakao, Gewürze, Zitronenschale, Kirschwasser, Ei und Milch einarbeiten. Den Teig zugedeckt 1 Stunde kalt stellen.

Eine Springform einfetten. Etwa zwei Drittel des Teiges zu einer passend großen Platte ausrollen, den Boden der Form damit auslegen und mit der Marmelade bestreichen. Den restlichen Teig ausrollen und in Streifen schneiden. Diese gitterförmig auf den Kuchen legen. Das Eigelb mit der Milch verrühren und das Teiggitter damit bestreichen. Den Kuchen im auf 175 °C vorgeheizten Ofen ca. 1 Stunde backen.

Preiselbeer-Gewürzkuchen

140 g Butter, 140 g Zucker,
4 Eier, 70 g Paniermehl,
70 g gemahlene Haselnüsse,
70 g dunkle Schokoladenraspel,
1 TL gemahlener Zimt, 1 Msp. gemahlene Nelken
Außerdem: Preiselbeerkompott,
Schokoladenglasur (Fertigprodukt),
100 g Marzipanrohmasse und Puderzucker
zum Ausrollen und Bestäuben

Butter und Zucker in einer Schüssel schaumig rühren. Die Eier trennen. Die Eiweiße zu steifem Schnee schlagen. Eigelbe, Paniermehl, Haselnüsse, Schokoladenraspel und Gewürze zur Butter-Zucker-Mischung geben. Zum Schluss die Eiweiße unterheben.
Den Boden einer Springform von 24 Zentimetern Durchmesser mit Backpapier auslegen. Den Teig hineinfüllen und im auf 175 °C vorgeheizten Ofen etwa 30 Minuten backen.
Herausnehmen und den Kuchen 5 Minuten in der Form abkühlen lassen. Stürzen, das Papier abziehen und den Boden sofort dick mit Preiselbeerkompott bestreichen. Vollständig auskühlen lassen.
Die Schokoladenglasur im Wasserbad erwärmen. Die Marzipanrohmasse auf dem Puderzucker ausrollen. Sehr kleine Sterne und Halbmonde ausstechen. Den Kuchen mit der Glasur überziehen. Marzipansternchen und -halbmonde hineindrücken. Den Kuchen erkalten lassen und mit Puderzucker bestäuben.

Den Kuchen am besten 2 Tage vor dem Verzehr backen und kühl stellen. Danach schmeckt er noch viel köstlicher.

Weihnachtstorte

Für den Boden: 500 g Mehl, 180 g Zucker,
180 g gemahlene Walnüsse, 2 Eier,
2 EL saure Sahne, 250 g Butter
Für die Füllung: 3/4 l saure Sahne,
125 g Puderzucker, 2 Päckchen Vanillezucker,
350 g gemahlene Walnüsse,
1 Glas schwarzes Johannisbeergelee
Außerdem: 200 g Schokoladenglasur
(Fertigprodukt), halbierte Walnusskerne

Aus den für den Boden angegebenen Zutaten rasch einen Knetteig zubereiten. In Klarsichtfolie wickeln und über Nacht in den Kühlschrank stellen. Die Füllung ebenfalls am Vortag vorbereiten und 1 Nacht zugedeckt in den Kühlschrank stellen: Dazu saure Sahne mit gesiebtem Puderzucker, Vanillezucker und gemahlenen Walnüssen verrühren.
Am nächsten Tag eine Springform mit Backpapier auslegen. Den Teig dritteln und zu drei passend großen Platten ausrollen. Die Form mit dem ersten Boden auslegen und im auf 200 °C vorgeheizten Ofen 15 Minuten backen. Mit den beiden anderen Böden ebenso verfahren. Auskühlen lassen.
Den ersten Boden mit etwas Johannisbeergelee bestreichen und die Hälfte der Sahne-Nuss-Füllung darauf verteilen. Mit dem zweiten Boden belegen. Wieder mit einer Geleeschicht versehen und mit der restlichen Sahne-Nuss-Füllung bestreichen. Darauf den dritten Tortenboden legen.
Die Schokoladenglasur im Wasserbad erwärmen, den Kuchen rundherum damit bestreichen und mit Walnusshälften verzieren.

★ Die Torte sollte am besten einige Tage im Voraus zubereitet werden. Sie ist im Kühlschrank etwa 14 Tage haltbar.

Walnusstorte

Für den Teig: 100 g Butter, 100 g Zucker,
1 Päckchen Vanillezucker, 4 Eier,
100 g geriebene dunkle Schokolade, 100 g Mehl,
50 g Speisestärke, 2 TL Backpulver,
100 g gemahlene Walnüsse
Für die Füllung: 3/8 l Sahne, 1 TL Zucker,
50 g gemahlene Walnüsse
Außerdem: Butter und Mehl für die Form,
Schokoladenglasur (Fertigprodukt),
einige halbierte Walnusskerne,
50 g dunkle Borkenschokolade

Aus den angegebenen Zutaten einen Rührteig herstellen. Diesen in eine gefettete und bemehlte Springform von 24 Zentimetern Durchmesser füllen und 50 Minuten im auf 175 °C vorgeheizten Ofen auf der unteren Schiene backen. Den Boden vollständig auskühlen lassen und zweimal waagerecht durchschneiden.
Für die Füllung die Sahne mit dem Zucker steif schlagen. Die gemahlenen Walnüsse unterziehen. Den ersten Boden mit der Hälfte der Walnusssahne bestreichen und mit dem zweiten Boden belegen. Diesen mit der restlichen Sahne bestreichen und den dritten Boden auflegen.
Die Schokoladenglasur im Wasserbad erwärmen, den Kuchen damit überziehen. Mit Walnüssen und geraspelter Borkenschokolade verzieren.

Engadiner Nusstorte

Für den Teig: 300 g Mehl, 150 g Zucker,
150 g Butter, 1 Ei, 1 Prise Salz
Für die Füllung: 200 g Zucker, 20 g Butter,
300 g gehackte Walnusskerne, 1/4 l Sahne
Außerdem: Butter für die Form,
Eigelb zum Bestreichen

Aus den angegebenen Zutaten einen Mürbeteig herstellen, davon ein Drittel für den Deckel der Torte beiseite legen. Mit dem übrigen Teig den Boden einer kleinen gefetteten Springform belegen und den Rand etwa 3 Zentimeter hochziehen. Den Boden 10 Minuten im auf 200 °C vorgeheizten Ofen vorbacken.
Für die Füllung den Zucker in einem Topf mit der Butter langsam karamellisieren, die Nüsse und die Sahne unterrühren. Die Mischung zweimal kurz aufkochen, dann abkühlen lassen. Die erkaltete Masse in die Form gießen und auf dem Boden verstreichen. Den restlichen Teig zu einer passend großen Decke ausrollen und auf die Torte legen. Mit dem Eigelb bestreichen und mit einer Gabel mehrmals einstechen. Den Kuchen im auf 200 °C vorgeheizten Ofen in 30–40 Minuten hellgelb backen.

Mignon-Torte

150 g Puderzucker, 2 Päckchen Vanillezucker,
3 Eier, 300 g Butter, abgeriebene Schale
von 1 unbehandelten Zitrone,
einige Tropfen Vanillearoma,
2 gestrichene TL Backpulver, 450 g Mehl
Für die Füllung: 2 EL Speisestärke,
Saft von 3–4 Zitronen (ca. 150 ml),
175 g Zucker, 1 Päckchen Vanillezucker,
abgeriebene Schale von 2 unbehandelten
Zitronen, 3 Eier, 200 g Butter
Außerdem: 250 g Puderzucker,
etwas Zitronensaft für den Zuckerguss,
Schokoladenglasur (Fertigprodukt)

Puderzucker, Vanillezucker und Eier schaumig rühren. Mit der Butter zu einer cremigen Masse verschlagen. Nach und nach Zitronenschale und Vanillearoma zugeben. Dann das mit Backpulver vermischte Mehl unterkneten. Etwas Teig für die Dekoration abnehmen, ausrollen und Sterne, Blätter oder Herzen ausstechen. Die Plätzchen im auf 180 °C vorgeheizten Ofen in etwa 8 Minuten hell backen.
Inzwischen den restlichen Teig in 5 Teile teilen. Jeweils einen Teil in eine mit Backpapier ausgelegte Springform (26 Zentimeter Durchmesser) kneten und einzeln im auf 200 °C vorgeheizten Ofen in jeweils 10 Minuten goldgelb backen.
Für die Füllung die Speisestärke in etwas Zitronensaft auflösen. Den restlichen Zitronensaft in einem Topf

mit Zucker, Vanillezucker und Zitronenschale aufkochen. Die angerührte Stärke einrühren. Die Eier verschlagen und ebenfalls einrühren. Erneut zum Kochen bringen. Vom Herd ziehen und unter Schlagen esslöffelweise die Butter einrühren. Dann die Creme kalt stellen. Mehrfach durchrühren, damit sich an der Oberfläche keine Haut bildet.
Vier der Böden mit der Creme bestreichen und aufeinandersetzen. Den fünften Boden auflegen. Den Tortenrand ebenfalls mit etwas Creme bestreichen.
Puderzucker und Zitronensaft zu einem dicken Brei verrühren und die Oberfläche der Torte damit überziehen. Die Schokoladenglasur im Wasserbad erwärmen, die Mürbeteigplätzchen damit bestreichen und in den noch weichen Zuckerguss drücken.

Himmelsspeck

Dieser portugiesische Mandelkuchen wurde ursprünglich in den Klosterküchen gebacken. Daher rührt der ein wenig fromm klingende Name.

30 g Butter, 430 g Zucker,
400 g geschälte ganze Mandeln,
8 Eigelb, 1/2 Fläschchen Bittermandel-Aroma,
abgeriebene Schale von 1 unbehandelten Zitrone
Außerdem: Zucker zum Bestreuen,
nach Belieben Puderzucker zum Bestäuben

Butter und 30 Gramm Zucker in einer Pfanne schmelzen. Die Mandeln darin goldgelb rösten. Zum Abkühlen beiseite stellen. Einige Mandeln für die Garnitur zurücklegen, die übrigen erkalten lassen und fein mahlen. Knapp 1/8 Liter Wasser mit dem übrigen Zucker zum Kochen bringen. Die gemahlenen Mandeln zugeben und bei geringer Hitze 5 Minuten unter Rühren köcheln lassen; die Masse darf nicht am Topfboden ansetzen. Wenn sie glasig wird, vom Herd ziehen und abkühlen lassen.

Die Eigelbe im Wasserbad dick-schaumig schlagen. Die lauwarme Mandelmasse unter ständigem Rühren einarbeiten. Das Mandelaroma und die Zitronenschale dazugeben. So lange unter Rühren erwärmen, bis die Masse dick wird. Vorsicht, die Creme darf auf keinen Fall kochen!

Eine Springform (22 Zentimeter Durchmesser) mit Backpapier auslegen. Die Masse einfüllen, mit den ganzen Mandeln dekorieren und dick mit dem Zucker bestreuen. Im auf 180 °C vorgeheizten Ofen 30–40 Minuten backen. Den Kuchen gegen Ende der Garzeit mit Alufolie abdecken, damit er nicht zu dunkel wird.

In der Form auskühlen lassen. Dann vorsichtig auf eine Tortenplatte gleiten lassen und nach Belieben mit Puderzucker bestäuben.

Konfekt zum Verschenken und Selbstgenießen

Finden Sie es nicht auch besonders nett, wenn Ihnen zur adventlichen oder weihnachtlichen Einladung zum Kaffee eine kleine Aufmerksamkeit aus eigener Produktion verehrt wird? Etwa selbst gemachtes Konfekt, jedes Teil einzeln hübsch in Klarsichtfolie gewickelt und mit einem Bändchen versehen oder in Konfektschälchen und -tütchen bzw. in einer mit Tortenspitze ausgelegten hübschen Dose überreicht. Eines ist dabei allerdings zu beachten: Konfekt aus eigener Bäckerei hält sich nur begrenzt, da es frei von Konservierungsstoffen ist. Aber wer kann dieser süßen Verlockung schon lange widerstehen? Bewahren Sie Ihr Konfekt in jedem Fall kühl auf.

Marzipan

Die ersten Rezepte des folgenden Kapitels werden auf der Basis von Marzipan hergestellt. Die Deutungen des Namens erschöpfen sich in Vermutungen und Legenden. Manche Namensforscher vermuten, „Marzipan" sei die Verstümmelung des lateinischen Wortes „Marci panem" (Brot des heiligen Markus), wodurch angedeutet werden soll, dass die Mönche von San Marco in Italien dieses Brot als süße Fastenspeise ihrem Schutzpatron weihten. Wahrscheinlicher aber ist das Wort vom heidnischen „panis martius" (Märzbrot) abzuleiten, einem Gebäck, mit dem man in vorchristlicher Zeit im Frühjahr die Armen beschenkte. Aber auch die Lübecker rühmen sich, das Marzipan erfunden zu haben. Die Annalen aus dem Jahre 1407 berichten über eine große Missernte. Die Getreidespeicher blieben weitgehend leer und der Hunger hielt Einzug in der Stadt. Da aber genügend Zucker und Mandeln vorhanden waren, sollen die Lübecker aus diesen Zutaten Brote geformt haben.
Seit dem frühen Mittelalter florierte der Spezereien- und Gewürzhandel mit dem Orient. Die wichtigsten europäischen Umschlagplätze lagen in Norditalien. Von dort kamen auch die ersten Marzipanmodel aus Ton oder Holz zu uns. Da Marzipankonfekt sehr teuer war, blieb es zunächst den reichen Leuten vorbehalten. Erst viel später, im 16. Jahrhundert, wurde es jedermann zugänglich.

Doch woraus besteht Marzipan? Solches von guter Qualität enthält zu gleichen Teilen geschälte gemahlene Mandeln und Puderzucker. Und zur Parfümierung kommt noch Orangenblüten- oder Rosenwasser dazu. Aber selbstverständlich kann man Marzipanrohmasse in sehr guter Qualität auch bequem im Handel kaufen.

Grundrezept für Marzipanrohmasse

500 g Mandeln, ein paar Bittermandeln,
500 g Puderzucker, 3 EL Rosenwasser
oder Orangenblütenwasser
(Feinkostgeschäft und Apotheke)
Außerdem: Puderzucker zum Bestäuben

Alle Mandeln kurz in kochend heißes Wasser legen und häuten. Über Nacht trocknen lassen und dann zweimal durch die Mandelmühle drehen.
Mit Puderzucker und Rosen- oder Orangenblütenwasser in einen Topf geben, leicht erwärmen und so lange rühren, bis eine homogene Masse entstanden ist, die sich vom Topfboden löst. Diesen Brei in ein mit Puderzucker bestäubtes Tuch einschlagen und 3 Tage kühl ruhen lassen.

Marzipankartoffeln

Den Teig zu einer Rolle formen. Daumendicke Scheiben abschneiden. Diese zu runden Kugeln rollen, durch gutes Kakaopulver wälzen und nach Belieben mit kleinen Vertiefungen für die „Augen“ versehen.

Vexiergebäck

Vexierfiguren waren im Mittelalter beliebte Süßigkeiten, die man seinen Gästen während eines Banketts zwischen den einzelnen Gängen kredenzte. Auf großen Tabletts wurden Schinken, Würste, Braten, kleine Schweinchen und Obst aus Marzipan gereicht, die den Originalen täuschend ähnlich waren. Sie wurden außerdem als Tischschmuck übergroß hergestellt und herrlich verziert.
Auch heute noch sind uns die kleinen Marzipanconfiserien wohl bekannt. Sie dekorieren die Weihnachtsteller in bunter Auswahl zum Entzücken der Kinder.
Arbeiten Sie mit dem Rosenwasser Lebensmittelfarbe oder Obstsäfte nach Belieben in den Marzipanteig ein und formen Sie daraus die Vexierfiguren. Es bedarf ein wenig Geduld und Geschicklichkeit, aber der Versuch lohnt sich!

Sherry-Marzipan-Pralinen

200 g Marzipanrohmasse,
80 g Puderzucker, 2 cl Sherry
Außerdem: Schokoladenglasur (Fertigprodukt),
Mandelstifte, kandierte Orangen

Die Marzipanrohmasse mit 30 Gramm Puderzucker und dem Sherry verkneten. Auf dem übrigen Puderzucker ca. 1 Zentimeter dick ausrollen. Mit ganz kleinen Formen Pralinen ausstechen. Die Schokoladenglasur im Wasserbad schmelzen, aber nicht zu flüssig werden lassen. Die Pralinen damit überziehen und mit Mandelstiften oder mit in feine Streifen geschnittenen kandierten Orangen verzieren.

Marzipanherzen

2 Eier, 500 g Marzipanrohmasse,
400 g Puderzucker, 1–2 EL Zitronensaft,
kandierte Kirschen, kandierte Orangen, Walnüsse

Die Eier trennen. Die Marzipanrohmasse mit der Hälfte des Puderzuckers verkneten und auf 100 Gramm Puderzucker ca. 1 Zentimeter dick ausrollen. Kleine Herzen ausstechen, mit verquirltem Eiweiß bepinseln. Aus den Ausstechresten schmale Streifen schneiden, um die Ränder der Plätzchen legen und mit Eigelb bestreichen. Die Plätzchen im auf 175 °C vorgeheizten Ofen so lange backen, bis die Ränder schön braun sind. Den restlichen Puderzucker mit dem Zitronensaft oder dem restlichen Eiweiß verrühren. Die Herzen innen damit bestreichen und hübsch mit kandierten Fruchtstreifchen oder Nüssen belegen.

Marzipan-Walnuss-Pralinen

400 g Marzipanrohmasse, 100 g Puderzucker,
100 g gehackte Walnusskerne,
2 cl Rum (54 Vol.-%), 2 cl Maraschinolikör
Außerdem: 2 Töpfchen dunkle Schokoladenglasur (Fertigprodukt), 40–50 Walnusshälften
Außerdem: Zahnstocher

Die Marzipanrohmasse mit 80 Gramm Puderzucker, gehackten Walnüssen, Rum und Likör verkneten. Auf dem restlichen Puderzucker 1 1/2 Zentimeter dick ausrollen und rund, oval oder rechteckig ausstechen.
Die Schokoladenglasur im Wasserbad schmelzen, aber nicht zu flüssig werden lassen. Jede Praline mit einem Zahnstocher aufspießen, durch die Glasur ziehen und leicht antrocknen lassen. Jeweils 1 Walnusshälfte hineindrücken.

Bethmännchen

Der Überlieferung nach wurde das Konfekt zum ersten Mal 1840 im Hause des Moritz von Bethmann-Hollweg, Sohn der Frankfurter Patrizierfamilie Bethmann und Repräsentant des seit 1743 bestehenden Bankhauses, zum Tee gereicht. Zunächst soll dieses Gebäck 4 Mandeln aufgewiesen haben, die die 4 Söhne der Familie symbolisierten. Als ein Sohn starb, wurde aus Pietätsgründen 1 Mandel weggelassen. Seitdem also drückt man nur noch 3 Mandeln aufrecht an die Seiten der Gebäckkugeln.
In früheren Zeiten wurden sie in den Frankfurter Familien nur in der Vorweihnachtszeit gebacken. Heute sind sie das ganze Jahr über beliebte Mitbringsel aus der Mainmetropole.

250 g Marzipanrohmasse, 80 g Puderzucker,
40 g Mehl, 1 Eiweiß, 65 g gemahlene Mandeln
Außerdem: Fett für das Blech,
50 g abgezogene halbierte Mandeln, 1 Eigelb

Die Marzipanrohmasse mit Puderzucker, Mehl, Eiweiß und gemahlenen Mandeln verkneten. Aus der Masse kleine Kugeln formen und auf ein gefettetes Backblech setzen. Von den halbierten Mandeln jeweils 3 aufrecht an jede Kugel drücken. Das Eigelb mit 1 Esslöffel Wasser verschlagen und die Bethmännchen damit bestreichen. Im auf 150 °C vorgeheizten Ofen 15 Minuten backen. In gut verschlossenen Dosen aufbewahren.

Meraner Nüsse

250 g brauner Zucker, einige Tropfen Vanillearoma, 50 g Marzipanrohmasse, 250 g Walnusshälften,
Außerdem: Puderzucker zum Ausrollen, Öl für die Alufolie

1/8 Liter Wasser mit Zucker und Vanillearoma zum Kochen bringen und zu einem dicken Sirup einkochen lassen. Das Marzipan auf dem Puderzucker ausrollen. Jeweils 2 Walnusshälften mit etwas Marzipan zusammensetzen, durch den Sirup ziehen und auf geölter Alufolie trocknen lassen. Ein süßer Hochgenuss!

Mandelkonfekt Florentiner Art

50 g Butter, 200 g Zucker, 2 Päckchen Vanillezucker, 1/8 l Sahne, 300 g Mandelblättchen, 75 g fein gewürfeltes Zitronat, 75 g fein gewürfeltes Orangeat, kleine Oblaten (4 cm Durchmesser)

Butter, Zucker und Vanillezucker unter Rühren so lange erhitzen, bis der Zucker leicht karamellisiert ist. Die Sahne zugeben. Mandeln, Zitronat und Orangeat unterrühren und unter ständigem Rühren weiter erhitzen, bis die Masse homogen und fest geworden ist. Auf die Oblaten häufen und im auf 175 °C vorgeheizten Ofen etwa 10 Minuten backen.

Nougatkonfekt

200 g Marzipanrohmasse, 1 Eigelb,
150 g Puderzucker, 200 g Nussnougat,
1 Eiweiß oder etwas Orangenkonfitüre
Außerdem: Puderzucker zum Ausrollen

Marzipanrohmasse mit Eigelb und Puderzucker verkneten. Marzipan und Nussnougat auf Puderzucker zu gleich großen Platten ausrollen. Mit Eiweiß oder Konfitüre bestreichen, aufeinander legen und zusammen aufrollen bzw. einmal durchschneiden und nochmals aufeinander schichten. Von der Rolle Scheiben abschneiden, von den geschichteten Lagen Quadrate oder Taler ausstechen. Gut gekühlt trocknen lassen.

Nusssplitter

Für dieses Konfekt eignen sich Walnüsse, Haselnüsse und geschälte Mandeln – gestiftelt oder grob gehackt.

50 g weiße Schokolade, 50 g Vollmilchschokolade,
50 g Zartbitterschokolade, 75 g gehärtetes Pflanzenfett (z.B. Biskin, Palmin), 1 Päckchen Vanillezucker,
200 g Nüsse bzw. Mandeln nach Belieben
Außerdem: Öl für die Alufolie

Schokoladenarten getrennt im Wasserbad schmelzen lassen. Jeweils 25 Gramm Pflanzenfett mitauflösen. Mit Vanillezucker abrunden. Nüsse bzw. Mandeln grob hacken und anteilig mit der Schokolade vermischen, leicht erstarren lassen. Alufolie ölen. Kleine Häufchen darauf setzen und gut durchkühlen lassen.

Zitronenmakronen

4 Eiweiß, 250 g Zucker, 250 g gehackte Mandeln,
100 g fein gehacktes Zitronat,
100 g geraspelte herbe Schokolade,
abgeriebene Schale von 1 unbehandelten Zitrone
Außerdem: kleine Oblaten (ca. 4 cm Durchmesser)

Die Eiweiße zu steifem Schnee schlagen. Nach und nach den Zucker zugeben, bis die Masse streichfest ist. Die übrigen Zutaten hinzufügen. Kleine Häufchen auf die Oblaten setzen und im auf 150 °C vorgeheizten Ofen 35–40 Minuten backen.

Rosinenhäufchen

200 g geraspelte Schokolade,
200 g Kondensmilch, 300 g Rosinen
Außerdem: Öl für das Blech

Die Schokolade im Wasserbad schmelzen. Mit der Milch langsam unter Rühren zu einer dicken Masse einkochen lassen. Die Rosinen einrühren. Mit einem Teelöffel kleine Häufchen abstechen und auf ein geöltes Blech setzen. Etwa 12 Stunden trocknen lassen.

Trüffel I

150 g Sahne, 1 Vanilleschote,
150 g Vollmilchkuvertüre,
150 g Halbbitterkuvertüre, 2 Eigelb,
80 g Zucker, 50 g weiche Butter
Außerdem: einige Pralinenkapseln
(aus Alu oder Papier), je 100 g dunkle und weiße
Schokoladenglasur (Fertigprodukt)

In einem Topf die Hälfte der Sahne mit der Vanilleschote aufkochen. Die Schote herausnehmen und die Sahne abkühlen lassen. Die Kuvertüre zusammen im Wasserbad schmelzen. Ebenfalls abkühlen lassen. Die Eigelbe mit dem Zucker schaumig schlagen.
Die Sahne erneut erhitzen. Unter ständigem Rühren den Eischaum einfließen lassen. Einige Sekunden weiterschlagen. In eine Schüssel umfüllen und die Kuvertüre unterrühren. Die Butter darin auflösen. Die Schokoladenmasse abkühlen lassen, bis sie formbar ist. Zu Kugeln formen, die in die Alu- oder Papierförmchen passen oder die weiche Masse mit Hilfe eines Spritzbeutels direkt hineinspritzen. Kühl stellen.
Schokoladenglasuren getrennt im Wasserbad schmelzen. Zwei Drittel der Glasur über die Pralinen ziehen. Mit dem letzten Drittel die Pralinen jeweils mit der andersfarbigen Glasur verzieren. Dazu füllt man die Masse in spitze Pergamenttütchen, schneidet eine kleine Spitze ab und spritzt Spiralen oder andere Muster auf die Trüffel.

Trüffel II

100 g Blockschokolade,
75 g gehärtetes Pflanzenfett
(z.B. Palmin, Biskin),
25 g dunkler Kakao, 30 g Puderzucker,
1 EL Rum oder Obstler, 1 Eigelb
Außerdem: Kokosraspel,
Kakaopulver, Krokant oder
Nonpareilles (kleine Liebesperlen),
Pralinenkapseln

Die Schokolade und das Fett zusammen im Wasserbad schmelzen. Kakao und Puderzucker dazugeben. Den Rum oder Obstler einrühren. Die Masse etwas auskühlen lassen, dann erst das Eigelb einrühren. Weiter abkühlen lassen, dabei hin und wieder umrühren. Aus der Masse Kugeln formen und diese entweder in Kokosraspeln, Kakao, Krokant oder in bunten Zuckerperlen wälzen. In die Pralinenkapseln setzen.

Rumkugeln I

250 g heller oder dunkler Biskuit, 2 EL Rum,
60 g Kokosfett, 40 g Puderzucker, 10 g Kakao,
1 Päckchen Vanillezucker, 1/2 Fläschchen Rum-Aroma, 1 Eigelb, Schokoladenstreusel

Den Biskuit zerkrümeln und in eine Schüssel geben. Mit einem Gemisch aus Rum und 1/8 Liter Wasser beträufeln. Das Fett schmelzen und abkühlen lassen. Puderzucker und Kakao vermischen, Vanillezucker und Rum-Aroma zufügen. Das abgekühlte Fett und das Eigelb langsam unterrühren und die Mischung zu den Bröseln geben. Alles gut durchkneten. Aus dem Teig kleine Kugeln formen. Diese in den Schokostreuseln wälzen und kalt stellen, damit die Kugeln fest werden.

Rumkugeln II

250 g bittere Schokolade, 25 g Butter, 1 EL Kondensmilch, 1 EL Puderzucker, 25 g Kakao, 3 EL Rum
(54 Vol.-%), 100 g dunkle Schokoladenstreusel

Die Schokolade im Wasserbad schmelzen. Butter, Milch, Puderzucker, Kakao und Rum nach und nach mit einem Schneebesen unterrühren. Abkühlen lassen, bis die Schokoladenmasse formbar ist. Kleine Kugeln daraus formen und in den Streuseln wälzen. Im Kühlschrank oder an einem anderen kühlen Platz trocknen lassen.

Kokos-Konfekt

1 EL Butter, 50 g Kokosraspel, 4 EL Sahne,
200 g weiße Schokolade, 20 g gehärtetes Pflanzenfett
(z.B. Palmin, Biskin), 2 EL Rum, 1 EL heißes Wasser
Außerdem: kleine Pralinenkapseln

Butter in einer Pfanne erhitzen und 40 Gramm Kokosraspel darin rösten. Sahne aufkochen, Schokolade und Fett darin schmelzen, ohne dass die Masse aufkocht. Nacheinander Rum, heißes Wasser und geröstete Kokosraspel mit dem Handrührgerät untermixen. Die Masse etwas abkühlen lassen, dabei hin und wieder umrühren. In einen Spritzbeutel füllen und in die Pralinenkapseln spritzen. Mit den restlichen Kokosraspeln bestreuen. Auskühlen lassen.

Dattelkugeln

2 Tassen Cornflakes, 250 g Datteln, 50 g Walnusskerne, 3 EL Honig, 10 g Butter, 1 EL Zitronensaft,
Außerdem: Puderzucker zum Wälzen,
einige Walnusshälften zum Garnieren

Cornflakes, entkernte Datteln und Walnüsse durch den Fleischwolf drehen. Honig, Butter und Zitronensaft zugeben und alles gut verkneten. Kleine Kugeln formen und diese durch den Puderzucker rollen. Auf jede Kugel eine Walnusshälfte setzen. Die Kugeln leicht flach drücken und trocknen lassen.

Schokoladen-Tee-Konfekt

20 g schwarzer Tee, 300 g dunkle Blockschokolade oder Zartbitterschokolade, 50 g Butter, 2 Eigelb, abgeriebene Schale von 1/2 unbehandelten Orange
Außerdem: 50 g Kakao zum Wälzen

Den Tee mit 1/8 Liter heißem Wasser aufgießen und 5 Minuten ziehen lassen. Danach durch ein Sieb seihen. Die Schokolade im Wasserbad schmelzen. Butter mit Eigelben und Orangenschale schaumig schlagen. Unter Rühren den Tee zugeben. Anschließend die Schokolade einrühren.
Ein Blech mit Alufolie auslegen. Die Masse 1 Zentimeter dick darauf streichen. Erstarren lassen. In 1 Zentimeter große Quadrate schneiden und diese in gesiebtem Kakao wälzen. In Dosen aufbewahren. Alufolie zwischen die einzelnen Schichten legen.

Schokoladen-Nougat-Konfekt

100 g Zartbitterschokolade,
20 g gehärtetes Pflanzenfett
(z.B. Palmin oder Biskin), 400 g Nougat,
250 g Mandelstifte, 1 EL Rum
Außerdem: Pralinenkapseln nach Belieben

Schokolade, Fett und Nougat zusammen im Wasserbad auflösen. Mandeln und Rum einrühren. Kleine Häufchen auf Alufolie setzen und erstarren lassen. Hübsch in Klarsichtfolie oder in Papierkapseln verpacken. In Dosen kühl aufbewahren.

Schokoladentrüffel

100 g Zartbitter-Schokolade, 100 g Butter,
100 g Puderzucker, 25 g guter Kakao,
2 EL gemahlene Mandeln oder Nüsse,
1–2 EL Weinbrand oder Obstler
Außerdem: Kakao oder bunte Streusel zum Wälzen,
Pralinenkapseln

Schokolade zerbröckeln und im Wasserbad schmelzen. In einer Schüssel Butter und Puderzucker schaumig rühren. Kakao, Mandeln bzw. Nüsse und Weinbrand oder Schnaps zugeben. Gut durchschlagen und unter Rühren die flüssige Schokolade einfließen lassen. 2–3 Stunden in den Kühlschrank stellen.
Aus der erstarrten Schokoladenmasse Kugeln formen. In Kakao oder bunten Streuseln wälzen. In Pralinenkapseln legen und bis zum Verzehr kühl aufbewahren.

Vanillekonfekt

2 Eier, 100 g Zucker,
2 Päckchen Vanillezucker,
100 g Mehl, 1 Msp. Backpulver,
100 g Butter, 750 g Marzipanrohmasse
Außerdem: Pralinenkapseln (Alu oder Papier),
Fett für die Kapseln bei Bedarf,
50 g dunkle Schokoladenglasur
(Fertigprodukt), einige Cocktailkirschen
und Vanillezucker nach Belieben

Eier, Zucker und Vanillezucker schaumig schlagen. Das Mehl mit dem Backpulver vermischen und unter den Eischaum mengen. Die Butter zerlassen, etwas abkühlen lassen und ebenfalls zugeben. Die Pralinenkapsel (falls sie aus Papier sind,) leicht fetten und zur Hälfte mit Teig füllen. Die Marzipanrohmasse in kleine Würfel schneiden und in den Teig drücken. Den restlichen Teig bis zum Rand einfüllen.
Im auf 200 °C vorgeheizten Ofen goldgelb backen. Anschließend die Schokoladenglasur im Wasserbad schmelzen. In eine Pergamenttüte füllen, eine kleine Spitze abschneiden und die Schokolade in Fäden über die Törtchen ziehen. Nach Belieben ein Stückchen Cocktailkirsche in die Mitte setzen oder das Konfekt mit Vanillezucker bestreuen.

Traditionelles Gebäck zu Silvester und Neujahr

Weihnachten ist seit eh und je das Fest der engsten Familie. Zu Silvester und Neujahr bzw. in der Zeit „zwischen den Jahren“ ist dann endlich einmal Gelegenheit, Freunde, Nachbarn und Verwandte einzuladen oder zu besuchen. Auf den Bauernhöfen und in ländlichen Regionen beschränkte sich in dieser Zeit die Arbeit traditionell auf das Füttern des Viehs, auf das Melken der Kühe und andere notwendige Arbeiten im Haus. In der Stadt hingegen pflegte man die Geselligkeit mit Bällen, Theater- und Konzertbesuchen. Wen wundert es da, dass so mancher Brauch zur familiären und häufig auch zur regionalen Tradition wurde. Dabei spielten gutes Essen und Trinken immer eine große Rolle. Einige typische Beispiele sollen dies belegen.

Westfälische Eiserkuchen

In Westfalen war und ist es noch Brauch, am Silvesternachmittag Eiserkuchen zu backen. Dazu benutzte man früher runde gusseiserne Backzangen mit langen Stielen, die man, mit Teig gefüllt, ins Herdfeuer hielt. Diese Zangen waren kunstvoll angefertigte und verzierte Geräte, die man zur Hochzeit geschenkt bekam oder die von Generation zu Generation vererbt wurden. Sie wiesen Motive wie Braut und Bräutigam mit Namen und Hochzeitsdatum auf oder stellten Haus und Hof, Wappen, Pferde etc. dar.
Weil die Eiserkuchen nur vor Neujahr gebacken wurden, wenn alle gemütlich um das Herdfeuer herum zusammensaßen, nannte man die Kuchen auch „Niejöhrkes“. Sie hatten auch einen dritten Namen: „Piepkooken“. Denn wenn der Teig zwischen den beiden Backen flach gedrückt und ins Feuer gehalten wurde, entwich die Luft pfeifend aus den Eisen. Sollten Sie noch Backzangen besitzen und auch ein gemütliches Herdfeuer haben, so backen Sie doch einmal Eiserkuchen nach Altvätersitte.

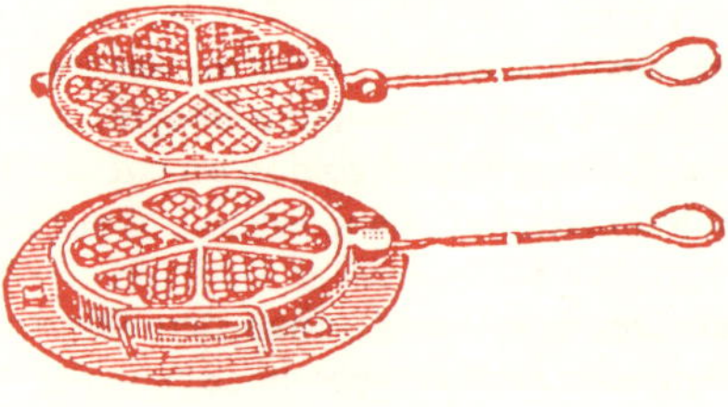

200 g Butter, 375 g Zucker, 2 Eier, 500 g Mehl,
so viel lauwarmes Wasser, bis man aus dem Teig
weiche Kugeln formen kann
Außerdem: Speckschwarte zum Ausreiben

Die angegebenen Zutaten kräftig verkneten und zu walnussgroßen Kugeln formen. Vor das Herdfeuer einen Baumstamm legen, um die Eisen beim Backen abzustützen.
Die Innenseiten der Zangen mit der Schwarte ausreiben, eine Teigkugel einlegen, die „Backen" fest zusammenpressen und über das Feuer halten. Wenn die Kuchen goldgelb sind, herausnehmen und zu Tüten rollen. Sofort genießen oder vollständig ausgekühlt locker in große Dosen (früher Milchkannen) füllen.

Heute werden die Eiserkuchen meist in elektrischen Geräten gebacken. Der Teig hierfür muss weicher sein:

65 g Butter, 250 g Zucker,
1 Päckchen Vanillezucker, 2 Eier,
250 g Mehl, 3/8 l lauwarmes Wasser
Außerdem: Fett für das Waffeleisen

Die angegebenen Zutaten zu einem weichen Teig verarbeiten. Das Eisen leicht fetten und mit 1 Esslöffel Teig füllen. Zuklappen und goldbraun backen. Herausnehmen und rasch aufrollen.

Nach Geschmack kann man den Teig mit Anissamen oder Zimt verfeinern.

Bollebäuskes (Bäbbelkes)

Im Ruhrgebiet, im Bergischen Land und im Rheinland wurde das Neue Jahr schon immer mit großem Hallo und buntem Treiben erwartet und empfangen. Man goss Blei, ein Feuerwerk ersetzte häufig das andernorts übliche Glockengeläut, und man wünschte sich bei einer Feuerzangenbowle oder bei Glühwein und frisch gebackenen kleinen Krapfen, den Bollebäuskes, viel Glück und alles Gute für das kommende Jahr.
Diese kleinen, in Fett gebackenen Teigkugeln haben regional verschiedene Namen: Kräppel, Krapfen, Bollebäusches, Bomböschen, Bäbbelkes u.a. Sie wurden früher in einer Spezialpfanne aus Gusseisen gebacken. Diese Pfanne hatte kleine Vertiefungen und 2 Henkel.

Man hängte sie in die Glut des Kohleherdes, indem man die Herdplatte und eventuell einen oder zwei Ringe von der Feuerstelle nahm. In die Vertiefungen der Pfanne gab man etwas Öl, ließ es heiß werden und füllte dann den Teig ein.
Bollebäuskes waren nicht nur zu Silvester, sondern auch zu Weihnachten und Karneval ein beliebtes Gebäck. Sie sollten am gleichen Tag verzehrt werden, denn frisch schmecken sie am besten.

125 g Butter, 40 g Zucker,
1 Päckchen Vanillezucker, 4 Eier,
1/2 Päckchen Backpulver, 300 g Mehl,
Rosinen nach Belieben
Außerdem: Öl zum Ausbacken,
nach Belieben Puderzucker zum Bestäuben

Die Butter schaumig rühren. Zucker, Vanillezucker und Eier nach und nach unterrühren. Backpulver und Mehl vermischen, darüber sieben und gut untermengen. Je nach Geschmack Rosinen hinzufügen; entsprechend sollte man die Zuckermenge reduzieren.
Die Bollebäuskes-Pfanne auf der Herdplatte erhitzen. Einige Tropfen Öl hineinträufeln und mit einem Löffel Teig in die Vertiefungen füllen. Während des Backens mehrmals mit einer Gabel wenden. Die Bollebäuskes nach Belieben mit Puderzucker bestäuben.

Wer keine Bollebäuskes-Pfanne hat, kann das Gebäck auch in der Friteuse ausbacken.

Futtjens

Das „Rummelpottlaufen“ ist einer der ältesten Neujahrsbräuche Schleswig-Holsteins: dazu bauen die Kinder einen sogenannten „Rummelpott“, d.h. sie ziehen die vom letzten Schlachten aufbewahrte und getrocknete Schweinsblase über eine Blechdose und stoßen durch die Haut einen Stock in die Mitte der Dose. Zum „Rummeln“ ziehen sie den Stock auf und ab oder schlagen ihn seitlich an die Dosenwand. So ziehen die „Rummelpottkinder“ am 31. Dezember lärmend durch die Ortschaft. Sie erhalten dann Pfeffernüsse, Äpfel, Zuckerkringel und vor allem Futtgens als Belohnung für ihren Gesang vor der Haustür:

„Dat ohle Jahr, dat nie Jahr.
Sind denn nu bald de Futtgens gar?
Krieg ick een, so blief ick stahn,
Krieg ick twee, so will ick gahn,
Krieg ick dree, so wünsch ick Glück.
Dat de Kocksch mit de Futtgens
to de Schosteen rut flüggt.“

20 g Hefe, 3/4 l Milch, 500 g Mehl,
100 g Butter, 3 EL Zucker,
1 Päckchen Vanillezucker, 1/8 l Sahne,
8 Eier, 1/2 TL gemahlener Kardamom,
50 g gemahlene Nüsse, 100 g Korinthen
Außerdem: Fett (z.B. Schmalz)
zum Ausbacken, 100 g Zucker und
1/2 TL Zimt zum Wälzen

Die Hefe in der lauwarmen Milch auflösen, mit etwas Mehl vermengen und zum Aufgehen beiseite stellen. In der Zwischenzeit die Butter mit Zucker, Vanillezucker, Sahne und Eiern schaumig rühren. Mit dem restlichen Mehl, Kardamom, Nüssen und Korinthen unter die Hefemasse schlagen. Den Teig 45 Minuten zugedeckt gehen lassen.
Eine Pfanne mit halbrunden Vertiefungen (siehe Rezept „Bollebäuskes", S. 68) heiß werden lassen. In jede Vertiefung ganz wenig Fett geben. Dann mit einem Esslöffel Teig abstechen und in dem heißen Fett ausbacken. Das Gebäck abtropfen lassen. Zucker und Zimt vermischen und die Futtgens darin wälzen.

Man kann die Futtgens auch in einer Friteuse ausbacken.

Mutzenmandeln und Hobelspäne

Ebenfalls aus dem Rheinischen sind uns die Mutzenmandeln und die Hobelspäne als typische Neujahrs-, aber auch Karnevalsgebäcke bekannt. Frisch gebacken und durch Zucker gerollt bzw. mit Puderzucker bestreut, sind sie ein herrlicher Genuss.

Mutzenmandeln

50 g Butter, 125 g Zucker, 2 Eier,
300 g Mehl, 1 TL Backpulver,
125 g gemahlene Mandeln, 2 EL Rum
Außerdem: gehärtetes Pflanzenfett
(z.B. Palmin oder Biskin) zum Ausbacken,
Zucker zum Wälzen

Die angegebenen Zutaten zu einem festen Teig verarbeiten. Ungefähr 1/2 Zentimeter dick ausrollen. Mit einer Spezialform oder mit 2 Teelöffeln tropfenförmige Plätzchen ausstechen und diese in heißem Fett goldbraun ausbacken. Die Mutzenmandeln abtropfen lassen, im Zucker wälzen und möglichst bald genießen.

★ Eine Spezialform zum Ausstechen der Mutzenmandeln ist in gut sortierten Haushaltwarengeschäften erhältlich.

Hobelspäne

400 g Mehl, 1 TL Backpulver,
125 g Butter, 125 g Zucker,
abgeriebene Schale von 1 unbehandelten Zitrone,
3 Eier, 3 EL Rum, 100 g gemahlene Mandeln
Außerdem: Mehl für die Arbeitsfläche,
Öl oder gehärtetes Pflanzenfett
(z.B. Palmin oder Biskin) zum Ausbacken,
Puderzucker zum Bestäuben

Alle Zutaten zu einem ausrollfähigen Teig kneten. Auf einer bemehlten Arbeitsfläche ausrollen und mit einem Teigrädchen 2 Zentimeter breite und 8 Zentimeter lange Rechtecke ausradeln. In der Mitte jedes Rechtecks parallel zur Längsseite einen ca. 3 Zentimeter langen Schlitz rädeln. Das untere Ende des Rechtecks durch den Schlitz ziehen und so eine „Schleife" herstellen. Das Fett erhitzen. Die Hobelspäne goldgelb darin ausbacken. Abgetropft und ausgekühlt mit Puderzucker bestäuben.

Die Hobelspäne möglichst frisch verzehren. In fest schließenden Dosen halten sie sich einige Tage, danach beginnen sie, muffig zu schmecken.

Kranzkuchen

Aus dem Saarland wird ein schöner Brauch überliefert: Früher suchte jedes Kind, wenn möglich, seine Paten auf, um ihnen ein „frohes, gesundes Neujahr“ zu wünschen. Als Dank dafür erhielt es einen kleinen Kranzkuchen, das so genannte „Klein-Neujahr“. In dem Jahr der Schulentlassung, das gleichzeitig auch die Entlassung aus der Patenschaft war, gab es einen großen Kranzkuchen, das „Groß-Neujahr“. In den Kuchen war ein Holzspan eingebacken, ein Zeichen dafür, dass das Kind „entspänt“ wurde.

1 kg Mehl, 60 g Hefe, 125 g Zucker,
3/8 l Milch, 1 TL Salz, 100 g Butter, 2 Eier,
je 1 Handvoll Rosinen und Korinthen
Außerdem: Fett für das Blech,
Milch zum Bestreichen, Zucker zum Bestreuen

Die Hälfte des Mehls in eine tiefe Schüssel sieben und eine Mulde hineindrücken. Die Hefe hineinbröckeln, mit etwas Zucker bestreuen und mit 3 Esslöffeln lauwarmer Milch glatt rühren. Mit etwas Mehl bestäuben und den Vorteig 15 Minuten zugedeckt an einem warmen Ort gehen lassen.

In der Zwischenzeit in einem Topf die restliche Milch mit dem Salz, dem übrigen Zucker und der Butter leicht erwärmen. Die Mischung zu den Zutaten in der Schüssel geben und alles mit dem Kochlöffel oder dem Knethaken des Handrührgeräts zu einem glatten Teig verarbeiten.

Nach und nach restliches Mehl, Eier, Rosinen und Korinthen dazugeben und so lange weiterschlagen bzw. rühren, bis der Teig fest geworden ist. Auf der Arbeitsfläche mit den Händen weiterkneten, bis sich der Teig leicht vom Brett löst. In eine Schüssel legen und zugedeckt an einem warmen Ort auf das doppelte Volumen gehen lassen; das dauert etwa 25 Minuten. Noch einmal kurz durchkneten.

Den Teig in 3 Teile teilen. 3 gleich lange und dicke Stränge daraus formen, zu einem Zopf flechten und diesen zu einem Kranz zusammenlegen, die Enden fest andrücken. Den Kranz nochmals 15 Minuten zugedeckt gehen lassen.

Auf ein gefettetes Backblech legen, mit Milch bestreichen und mit etwas Zucker bestreuen. Den Kranz im auf 200°C vorgeheizten Ofen 45–60 Minuten backen (Stäbchenprobe machen!).

Berliner Pfannkuchen

Die Berliner nennen dieses köstliche Hefegebäck schlicht „Pfannkuchen“. Anderswo heißen sie „Berliner Pfannkuchen“, „Berliner Ballen“ oder einfach „Berliner“. Und die Hessen nennen sie „Kreppel“.
In ihrer Heimatstadt wurden sie traditionell am Silvesterabend mit Punsch serviert. In manchen Familien war es üblich, statt Marmelade ein Geldstück oder ein Papierröllchen mit Scherzsprüchen einzubacken.

500 g Mehl, 40 g Hefe, 1/8 l Milch,
1 Ei, 60 g Butter, 1 Prise Salz,
abgeriebene Schale von 1/2 unbehandelten Zitrone,
60 g Zucker, Marmelade oder Pflaumenmus
Außerdem: Mehl für die Arbeitsfläche,
gehärtetes Pflanzenfett (z.B. Palmin oder Biskin)
zum Ausbacken, Zucker oder Puderzucker
zum Bestäuben

Aus den angegebenen Zutaten einen Hefeteig zubereiten (siehe Rezept „Bremer Klaben", S. 18). Den Teig nach dem Gehen auf einer bemehlten Arbeitsfläche ca. 1 Zentimeter dick ausrollen. 5–7 Zentimeter große runde Plätzchen ausstechen. In die Mitte jedes zweiten Plätzchens 1 Teelöffel Marmelade oder Pflaumenmus gegeben. Die Ränder mit etwas Wasser bestreichen, ein Teigstück ohne Marmelade auflegen und fest andrücken. Die fertigen Pfannkuchen nochmals zugedeckt ca. 15 Minuten gehen lassen.
Das Pflanzenfett erhitzen und die Pfannkuchen darin von beiden Seiten goldbraun ausbacken. Reichlich mit Zucker oder Puderzucker bestäuben.

Wer möchte, kann die Pfannkuchen mit einer Zuckerglasur verzieren: Dazu 150 Gramm Zucker mit 100 Millilitern Wasser zu einem dicken Brei verrühren und das Gebäck damit bestreichen.

Dreikönigskuchen

In Frankreich backt man zum Dreikönigstag einen großen Kuchen in Form eines Kranzes, der die Krone darstellen soll. Eingebacken wird ein Silber- oder Goldstück. Wer beim Verteilen des Kuchens das Geld in seinem Stück findet, ist König für ein Jahr und löst damit den alten König ab. Der durfte bis dahin seine Krone aus vergoldeter Pappe tragen und muss sie nun dem Nachfolger aufsetzen. Nach dem Kaffeetrinken lässt die Familie mit Gesellschaftsspielen den Tag ausklingen. Wenn Sie kein Geld einbacken möchten, mit einer Mandel macht das Spiel auch Spaß. Die Reste des Kuchens, den „part du bon Dieu", verteilte man früher in Frankreich an die Armen.

300 g Mehl, 25 g Hefe, 150 g Zucker,
1 Päckchen Vanillezucker, 150 g Butter,
abgeriebene Schale von 1 unbehandelten Zitrone,
1 Ei, 120 g Rosinen, 50 g Zitronat,
50 g Orangeat, 1/8 l Sahne
Außerdem: Orangenblütenwasser zum Bestreichen,
Hagelzucker zum Bestreuen, Fett für das Blech

Das Mehl in eine Schüssel sieben und in die Mitte eine Vertiefung drücken. Die Hefe in knapp 1/8 Liter Wasser und etwas Zucker auflösen, in die Mulde gießen und mit etwas Mehl verrühren. Den Vorteig zugedeckt an einem warmen Ort 15 Minuten gehen lassen.
Alle übrigen Zutaten in der angegebenen Reihenfolge einarbeiten. Die Rosinen zuvor in Mehl wälzen, die

Butter leicht erwärmen. Den Teig schlagen, bis er Blasen wirft. Nochmals 20 Minuten zugedeckt an einem warmen Ort gehen lassen. Danach zu einer Stange rollen und diese zu einem Kranz drehen. Mit dem Orangenblütenwasser bestreichen und mit dem Hagelzucker bestreuen.
Den Kranz auf ein gefettetes Blech legen und an der Außenseite rundherum ein paar Mal einschneiden. Im auf 180 °C vorgeheizten Ofen etwa 30 Minuten backen. Stäbchenprobe machen!

- Wie fast alle Hefegebäcke den Kranz möglichst am gleichen Tag verzehren.

- Man kann den Kuchen selbstverständlich auch in einer gefetteten Kranzform backen.

Verzeichnis der Rezepte

Stollen, Striezel und Honigkuchen

Kuchen und Torten, die nach „Apfel, Nuss und Mandelkern“ duften

Konfekt zum Verschenken und Selbstgenießen

Traditionelles Gebäck zu Silvester und Neujahr